Dados Internacionais de Catalogação na Publicação (CIP) de acordo com ISBD

C578h   Ciranda Cultural

Heróis vs Vilões / Ciranda Cultural ; traduzido por Warner. - Jandira, SP : Ciranda Cultural, 2019.
48 p. ; 22cm x 28cm. – (Quem sou eu?)

ISBN: 978-85-380-8259-0

1. Literatura infantil. 2. Heróis. 3. Jogo. I. Warner. II. Título. III. Série.

2019-1277

CDD 028.5
CDU 82-93

Elaborado por Odilio Hilario Moreira Junior - CRB-8/9949

Índice para catálogo sistemático:
1.! Literatura infantil 028.5
2.! Literatura infantil 82-93

Copyright © 2019 DC Comics.
JUSTICE LEAGUE and all related characters and elements © & ™ DC Comics. WB SHIELD: ™ & © Warner Bros. Entertainment Inc. (s19)

Ciranda Cultural Editora e Distribuidora Ltda.
Produção: Ciranda Cultural
Preparação: Paloma Blanca Alves Barbieri
1ª Edição em 2019
www.cirandacultural.com.br

Todos os direitos reservados. Nenhuma parte desta publicação pode ser reproduzida, arquivada em sistema de busca ou transmitida por qualquer meio, seja ele eletrônico, fotocópia, gravação ou outros, sem prévia autorização do detentor dos direitos, e não pode circular encadernada ou encapada de maneira distinta àquela em que foi publicada, ou sem que as mesmas condições sejam impostas aos compradores subsequentes.

COMO APRENDER COM ESTE LIVRO:

Antes de jogar, é importante que você e os outros jogadores leiam o livro com bastante atenção para aprenderem um pouco mais sobre os heróis e os vilões que fazem parte do incrível Universo da DC. Remova as páginas com os acessórios (os dados, as cartas e os suportes de papel para a cabeça) e organize-os para iniciar a partida.

SOBRE O JOGO:

Objetivo: mostrar quem conhece mais sobre o Universo da DC a partir do maior número de acertos sobre os personagens.

Número de jogadores: 2 a 8

COMO JOGAR:

- As cartas devem ser embaralhadas e colocadas em um monte. Cada jogador deve pegar uma carta, sem ver o que está escrito nela, e colocá-la no suporte, que já deverá estar sobre a cabeça.

- É preciso jogar o dado para decidir quem iniciará a partida. Aquele que tirar o maior número começa. Em caso de empate, os jogadores deverão jogar o dado novamente.

- Cada jogador tem direito a uma pergunta por rodada. Ele deve fazer uma pergunta sobre a própria carta que pegou, por exemplo: **"Sou um herói?"**. Os demais jogadores só poderão responder **"Sim"** ou **"Não"**.

- Com a primeira pergunta feita e respondida, será a vez do próximo jogador, no sentido horário.

- Ganha o jogador que acertar quem é o herói ou o vilão representado na carta.

Sugestões de perguntas:

CORINGA

O passado do maior arqui-inimigo de Batman é como a sua própria mente: misterioso. Segundo o Coringa, ele prefere que seu passado tenha múltiplas possibilidades e versões, por isso ele nunca revela qual é o certo.

Apesar de, assim como o Batman, não possuir nenhum poder sobrenatural, Coringa é um vilão forte e bastante inteligente. Sua principal arma para causar grandes confusões em Gotham City é a loucura associada às habilidades químicas, com as quais desenvolve várias estratégias de ataque e fuga.

Coringa nem sempre está sozinho em suas tramoias. Ele conta com a ajuda da vilã Arlequina. Juntos, os dois agem no mundo do crime e também elaboram diversos planos para derrotar o Batman. Eles se conheceram em uma das passagens do vilão pelo Asilo Arkham. Na época, Arlequina se chamava Harleen Frances Quinzel e era psiquiatra do Coringa. Porém, assim como ele, enlouqueceu.

O que motiva o vilão do riso a realizar tantos crimes é uma verdadeira incógnita, pois, diferentemente de outros criminosos, tudo não passa de piada para o Coringa, o que faz com que Batman e as autoridades nunca o subestimem.

VOCÊ SABIA?

Coringa tem um enorme conhecimento sobre assuntos relacionados a Ciências, principalmente, a Química.

VOCÊ SABIA?

Por ser humano, o Batman não possui superpoderes, mas isso não o impede de combater o crime na cidade de Gotham.

BATMAN

Quando criança, Bruce Wayne voltava para casa com seus pais, Thomas e Marta, depois de uma sessão de cinema. Mas o retorno da família ao seu lar não aconteceu, pois, em meio a um assalto, o senhor e a senhora Wayne foram assassinados.

Como uma forma de vingar a morte dos pais, o pequeno Bruce jurou combater o crime em Gotham City. Para isso, desde a adolescência, ele começou a estudar Criminologia e a aprender vários estilos de luta, desenvolvendo todas as competências necessárias para se tornar um herói.

Com a fortuna que herdou dos pais, o jovem e rico Bruce construiu uma caverna secreta em sua mansão e estabeleceu ali uma base para armazenar diferentes tecnologias que o ajudassem na missão de combater o crime.

Durante o dia, ele mantém sua identidade de empresário bilionário, mas durante a noite coloca sua capa e transforma-se em Batman. Para ajudá-lo nessa luta, ele conta com a ajuda de Alfred, amigo e fiel mordomo, que está sempre ao seu lado.

Não há nada mais importante para Batman do que manter as ruas de Gotham City seguras. Por isso, ele não mede esforços para conseguir esse feito!

VOCÊ SABIA?

Na ilha de Themyscira, há apenas mulheres, as amazonas, que são guerreiras fortes e muito habilidosas.

MULHER MARAVILHA

Em uma ilha chamada Themyscira, nasceu a princesa Diana, filha de Hipólita, rainha das Amazonas. Há quem diga que Diana ganhou vida a partir de uma escultura de barro feita por sua própria mãe, mas muitos acreditam que essa história serviu apenas para proteger a menina da fúria de Hera, esposa de Zeus, seu suposto pai.

Ao nascer, Diana recebeu dons incríveis dos deuses do Olimpo, como sabedoria, força, poder e velocidade. Além desses poderes, ela foi presenteada com incríveis braceletes e um laço mágico, que é capaz de arrancar a verdade de qualquer pessoa.

Quando Diana já era adulta, um aviador caiu na ilha em que sua família vivia. Para eleger a amazona responsável por levá-lo de volta ao seu lar, a rainha Hipólita realizou uma competição, mas proibiu a filha de participar. Ela não queria que a princesa saísse de Themyscira. Porém, Diana se disfarçou, realizou todas as provas com maestria e venceu a disputa.

Ao levar o aviador para os Estados Unidos, a amazona assumiu uma nova identidade e passou a se apresentar como Diana Prince. Porém, ao se deparar com o mundo dos homens pela primeira vez, ela não gostou do que viu, pois havia muitas guerras. Assim, a princesa decidiu ajudar a estabelecer a paz e não regressar à ilha. Para isso, ela se tornou a Mulher Maravilha!

CHEETAH

A Cheetah, também conhecida como Mulher-Leopardo, é uma das principais arqui-inimigas da Mulher Maravilha. Antes de ganhar a forma e as habilidades de um felino, ela era apenas uma arqueóloga chamada Barbara Ann Minerva.

O destino de Barbara, porém, foi alterado quando ela ganhou poderes surpreendentes em uma de suas expedições ao templo de Urzkartaga. Durante um ritual, ela pediu a Chuma, chefe da tribo local, que revelasse todos os segredos sobre a magia do lugar. Para ganhar os poderes revelados pelo sacerdote, seguiu uma série de passos e, ao completá-los, transformou-se em Cheetah.

O que a arqueóloga não sabia era que a transformação nada mais era do que uma maldição, uma consequência pela sabedoria que ela adquiriu no ritual.

A intriga entre Cheetah e a Mulher Maravilha começou quando a vilã descobriu a existência do laço da verdade e passou a tentar roubá-lo da heroína. Agora, o confronto entre as duas é constante, e Cheetah usa seus poderes e suas habilidades para tentar vencer a Mulher Maravilha a qualquer custo.

VOCÊ SABIA?

Barbara não fica na forma de leopardo o tempo todo. Quando está em sua forma humana, ela sente muitas dores físicas, pois o ritual lhe conferiu poderes, mas também maldições.

VOCÊ SABIA?

A luz solar é responsável por conferir ao Super-Homem incríveis poderes, como supervelocidade, visão de raio X e superforça. Apesar disso, ele também tem uma fraqueza: a Kryptonita, que o deixa completamente vulnerável.

SUPER-HOMEM

A história do Super-Homem é realmente de outro mundo, pois o herói, batizado como Kal-El, nasceu em um planeta chamado Krypton e era filho de Jor-El e Lara. Porém, quando ainda era bebê, seus pais o mandaram para a Terra como uma forma de protegê-lo, pois Krypton estava condenado e seu fim era iminente. A nave de Kal-El parou em Smallville, uma pequena cidade próxima ao Texas, e foi encontrada por Jonathan e Marta Kent, um casal de fazendeiros.

Com uma nova família, a criança passou a se chamar Clark Joseph Kent. Enquanto ia crescendo, ele começou a desenvolver habilidades sobrenaturais, mas, para a segurança de seus entes queridos, principalmente a de seus pais adotivos, Clark resolveu mantê-las em segredo. Ele usa essas habilidades para combater o crime sem revelar a sua real identidade.

Já adulto, Clark se tornou um jornalista e começou a trabalhar no jornal Planeta Diário, onde conheceu Lois Lane, por quem se apaixonou. Foi neste período que ele começou, mais ativamente, a viver duas vidas: uma como jornalista e outra como Super-Homem.

Mesmo sendo de outro planeta, o herói abraçou a Terra como seu lar. Por isso, ele usa todo o poder que possui para protegê-la de quaisquer ameaças, sejam terrestres ou alienígenas.

LEX LUTHOR

VOCÊ SABIA?
Sua sede de poder é tão grande quanto a sua inteligência, por isso, quer ser visto como um deus.

Assim como Bruce Wayne, Lex Luthor é um empresário bilionário, filantropo e muito inteligente. Além disso, ele é dono de uma empresa que desenvolve incríveis, e também temerárias, tecnologias. Diferentemente do Batman, Lex utiliza sua inteligência e seus recursos para conquistar o que deseja, mesmo que, para isso, tenha que passar por cima de tudo e de todos ou até cometer crimes.

Por ser muito carismático e influente, Lex sempre arruma um jeito de encobrir todos os seus atos ilícitos, apagando os rastros que possam levar até ele. Mantendo-se assim, muito poderoso e admirado pela sociedade, ninguém imagina que um doador de tantos recursos financeiros para o bem da população pode ser um grande vilão.

Lex acredita que o Super-Homem é uma ameaça para a humanidade e, por isso, tenta de todas as formas eliminá-lo. Mas a verdade é que o Super-Homem não é uma ameaça para ninguém, exceto para os planos do vilão, uma vez que o homem de aço sempre aparece para deter os planos maléficos de dominação e poder do magnata.

VOCÊ SABIA?

Além de usar o codinome de Mulher-Gato e ser rápida como os felinos, Selina Kyle é apaixonada por gatos.

MULHER-GATO

Antes de se tornar a Mulher-Gato, a vilã era Selina Kyle, uma órfã que cresceu em um orfanato no subúrbio, local de onde não tardou a fugir. Ela se envolveu muito cedo com o mundo do crime. Agindo sorrateiramente, assim como os gatos, passou a roubar, sobretudo, pessoas muito ricas de Gotham City.

Como teve que cuidar de si mesma desde criança, Selina desenvolveu muitas habilidades marciais. Por isso, ela luta como ninguém! Até mesmo o Batman, com quem ela já teve alguns confrontos, sabe bem disso.

Apesar de ser uma ladra, a Mulher-Gato não chega a ser uma vilã tão malévola como o Coringa, que não se importa nem um pouco com a vida das pessoas. Ela carrega consigo instintos de proteção e cuida muito bem daqueles que precisam dela, principalmente se forem seus amigos.

VOCÊ SABIA?

Batgirl entrou para a Batfamília, assim como Robin e outros heróis.

BATGIRL

Batgirl é a identidade secreta de Barbara Gordon, filha do comissário Gordon. Ela pode parecer uma bibliotecária inofensiva, mas assumiu a posição de heroína, aliando-se ao Batman para combater o crime em Gotham City. Por ser filha do comissário, Barbara tem fácil acesso aos registros da polícia, e foi assim que ela obteve diversas informações sobre o cavaleiro das trevas, com quem tinha muito em comum.

Usando um uniforme com o símbolo do morcego, assim como Batman, Barbara começou a impedir crimes pela cidade.

Logo, ela se juntou ao time de heróis de Gotham e já ajudou a resolver muitos crimes e mistérios.

Batgirl não possui nenhum superpoder, o que a faz contar apenas com o seu ótimo senso de justiça e alguns dispositivos que ela própria desenvolveu. De batboomerangues a cintos de utilidades, o apetrecho favorito dessa heroína é, com certeza, a sua batciclo, uma moto superpotente que ajuda muito na perseguição dos terríveis vilões da cidade.

FLASH

Assim como muitos outros super-heróis, Flash era uma pessoa comum até sofrer um acidente que mudou para sempre a sua vida.

Chamado Barry Allen, ele era apenas mais um dos funcionários da Polícia Científica, mas após ser atingido por um raio, ganhou superpoderes que o permitiram correr à velocidade da luz. A partir desse momento, Barry passou a se denominar Flash, vestir um traje vermelho e patrulhar a Central City.

Além de poder correr tão rápido como um raio, Barry adquiriu reflexos sobre-humanos. Ele tem a capacidade de observar as coisas como se elas estivessem em câmera lenta e seu raciocínio lógico é extremamente rápido. Ao correr em círculos, ele consegue criar tornados e, além disso, seu corpo pode atravessar objetos sólidos.

Por conta de sua velocidade, Flash consegue voltar no tempo e, até mesmo, avançar para o futuro por meio da abertura de um portal espaço--temporal. Em uma de suas viagens pelo tempo, ele descobriu que seu herói de quadrinhos favorito, Jay Garrik, existia em um universo paralelo sendo o primeiro e original Flash.

Impedir o crime em Central City nunca foi um problema para esse herói que está sempre à frente de seu tempo!

VOCÊ SABIA?

Para não sofrer com o atrito, uma aura protege o corpo do Flash. Dessa maneira, nem ele nem as pessoas ao seu redor podem se ferir.

VOCÊ SABIA?
Todos os vilões que se tornaram o Flash-Reverso tinham os mesmos poderes que os heróis velocistas.

FLASH-REVERSO

Assim como há mais de um Flash no Universo, existem também vários vilões que se intitularam Flash-Reverso e perseguiram os heróis velocistas ao longo da história.

Um deles é Eobard Thawne que, além de se denominar Flash-Reverso, também chama a si mesmo de Professor Zoom. Eobard encontrou o uniforme de Flash em uma cápsula do tempo. Para potencializar o poder contido no traje, o vilão usou uma máquina que o ajudou a adquirir a mesma força e velocidade de Barry. Diferentemente do herói velocista, o Professor Zoom utiliza os poderes para cometer crimes e perseguir o Flash, que está sempre pronto para impedir os planos do vilão.

Após uma grande batalha, Flash-Reverso ficou ainda mais obcecado pelo Flash e passou a persegui-lo, em diferentes tempos, desde então.

VOCÊ SABIA?

Ela é supostamente mais velha que Clark, mas, por ter ficado em um espaço temporal diferente do planeta Terra, aparenta ser mais jovem que o primo.

SUPERGIRL

Por muito tempo, acreditou-se que o Super-Homem era o único kryptoniano que havia sobrevivido à destruição de Krypton, mas, anos após a chegada do bebê Kal-El à Terra, uma outra nave chegou ao planeta com Kara Zor-El, prima de Kal-El. Ela era mais uma sobrevivente da grande catástrofe que, praticamente, devastou toda a população de Krypton.

Durante algum tempo, Kara viveu em um orfanato e depois passou a ajudar o primo a combater os terríveis males que assolavam a Terra, ao lado de muitos outros heróis da Liga da Justiça.

Para isso, Kara se tornou a heroína Supergirl. Assim como o Super-Homem, a Supergirl possui uma força inimaginável, além da capacidade de voar.

Há quem diga que, por ter ficado exposta a muitos tipos de luzes no espaço, diferentemente do Super-Homem, que recebeu apenas luz solar, ela desenvolveu poderes distintos aos do seu primo, podendo, por isso, até ser mais forte do que ele.

DARKSEID

Darkseid é o mais terrível vilão de todos os tempos. Diferentemente da maioria dos anti-heróis, que buscam riquezas ou querem dominar uma cidade ou planeta, Darkseid almeja o domínio de toda a humanidade e existência.

Oriundo de Apokolips, Darkseid aterroriza não só os heróis da Liga da Justiça, mas também super-heróis de outras galáxias.

Além de ser dono de uma força e um poder ilimitados, ele possui uma tropa de soldados que estão sempre prontos para cumprir suas ordens, não importa quais sejam.

Seu objetivo é controlar e escravizar todas as formas de vida, mas sua grande obsessão é destruir o homem de aço e sua prima Supergirl, pois eles são os únicos capazes de impedir os planos de dominação desse deus maléfico.

VOCÊ SABIA?

Antes de se tornar o Darkseid, ele era conhecido como príncipe Uxas, em seu planeta.

VOCÊ SABIA?

A atuação como Exterminador acabou destruindo sua família e isso o deixou mais cruel.

EXTERMINADOR

Antes de se tornar o grande Exterminador, o vilão era conhecido como Slade Wilson, um soldado do Exército Americano que, por se destacar durante a carreira militar, foi recrutado para participar de um projeto experimental. Tal projeto tinha como objetivo garantir mais força, velocidade e inteligência ao soldado, transformando-o em uma verdadeira arma de guerra.

O procedimento científico, porém, acabou provocando grandes efeitos colaterais que afetaram, e muito, o comportamento físico e emocional de Slade. Por isso, ele acabou sendo afastado da carreira militar.

Descontente com o posicionamento do governo e preocupado em manter-se financeiramente estável, Slade resolveu atuar como mercenário e transformou-se em um matador de aluguel conhecido como Exterminador. Por conta disso, ele comprou briga com muitos heróis e passou a vê-los como inimigos mortais.

CYBORG

Cyborg era apenas um adolescente normal, chamado Victor Stone, que sonhava em se tornar jogador de futebol americano. Porém, devido ao alto QI que possui, seus pais queriam que ele seguisse os passos da família e estudasse para ser um ótimo cientista.

Ao longo dos anos, a discordância entre a vontade do filho e dos pais gerou um grande distanciamento entre eles.

Isso mudou quando, em um acidente, Victor quase morreu ao ter seu corpo completamente danificado. Para salvar o filho, Silas Stone, que trabalhava como cientista em um laboratório, utilizou algumas peças cibernéticas para reconstruir o corpo de Victor, mesmo sem saber ao certo quais impactos aquela tecnologia, ainda desconhecida, poderia ocasionar.

Parte humano, parte máquina, Victor ganhou poderes sobre-humanos, além da capacidade de se comunicar com qualquer tipo de máquina e tecnologia, inclusive de origem alienígena.

Durante o período de aceitação da sua nova condição, Victor, que passou a se chamar de Cyborg, conheceu alguns heróis, passando, a integrar o grupo dos Jovens Titãs e, posteriormente, a Liga da Justiça.

VOCÊ SABIA?

Diferentemente dos outros heróis, Cyborg não tem como esconder a sua identidade, já que praticamente todo seu corpo é composto por um tipo de metal.

AQUAMAN

Aquaman é a identidade secreta de Arthur Curry. Filho de um faroleiro e da rainha de Atlanta, ele passou grande parte da vida em condições muito humildes, sem saber de sua origem nobre e de todo o poder que exerceria sobre os sete mares. Ao descobrir-se como monarca, após vários entraves e contra a sua própria vontade, Arthur Curry aceitou o título de Aquaman, assumindo o trono e tornando-se um dos mais lendários reis de Atlanta.

Dono de habilidades incríveis, Aquaman é capaz de se comunicar com todos os seres aquáticos, que sempre o ajudam quando o assunto é defender a vida marinha.

Além disso, quando está embaixo d'água, ele é capaz de atingir uma velocidade maior que a de um tornado. Mas a força do herói não se restringe apenas ao universo subaquático, pois, mesmo em terra firme, ele é capaz de levantar toneladas.

Ser atingido por algum vilão não é problema para o Aquaman, já que, com sua alta capacidade de cura, ele se recupera rapidamente de qualquer ferimento.

Esse rei superpoderoso é um dos membros fundadores da Liga da Justiça, ao lado de Mulher Maravilha, Batman e Super-Homem.

VOCÊ SABIA?

Aquaman perdeu sua mão esquerda combatendo um vilão no passado. Durante certo período, ele usou um arpão no lugar da mão.

ARRAIA NEGRA

Arraia Negra, ao contrário de seu arqui-inimigo Aquaman, é um homem comum, chamado David Hyde. Dotado de uma inteligência incrível, ele desenvolveu um equipamento de mergulho de alta tecnologia, que lhe permite sobreviver em ambiente aquático e lhe confere uma surpreendente força física.

Além de seu traje superpoderoso, Arraia Negra conta com um gigantesco arsenal de armas, tais como equipamentos de choque, lasers e um tridente. Não é somente nas profundezas dos oceanos que ele se locomove muito bem; na superfície, o vilão consegue alçar voos bem altos com um veículo criado por ele mesmo.

A rivalidade entre o Arraia Negra e o rei de Atlanta começou por um motivo muito comum entre vilões: vingança. Por considerar o Aquaman responsável pela morte do pai, Arraia Negra passou a ver o herói como seu constante alvo. Desde então, o desejo por vingança só vem aumentando ao longo dos tempos.

VOCÊ SABIA?

A lente vermelha de seu capacete é capaz de soltar raios letais.

VOCÊ SABIA?

Além de conseguirem projetar várias coisas com o anel, os Lanternas Verdes também conseguem voar.

LANTERNA VERDE

Antes de se tornar o Lanterna Verde, o herói era apenas Hal Jordan, um piloto de jatos assim como o pai. Mas seu destino foi alterado quando decidiu assumir o lugar de um dos Lanternas Verdes cuja nave havia caído na Terra durante uma perseguição.

Com essa nova posição, Hal ganhou um anel poderoso criado pelos Guardiões do Universo, que tinham como objetivo criar uma tropa de Lanternas para proteger as galáxias contra as forças do mal.

Com o poder do anel, Hal agora tem grandes responsabilidades. Por isso, além de se tornar um dos membros da Tropa dos Lanternas Verdes, ele faz parte da Liga da Justiça. Hal Jordan tem o poder de gerar uma variedade de coisas para utilizar em combate, incluindo a vestimenta de herói, garantindo a preservação de sua identidade na Terra.

ATROCITUS

Atrocitus é o primeiro Lanterna Vermelho de sua tropa. Antes de se tornar um grande vilão, ele vivia tranquilamente no Planeta Ryut com sua família, até que uma fatalidade assolou o seu lar.

Em uma missão dos Guardiões do Universo, o Setor Espacial 666, região habitada por Atrocitus, foi destruída, o que acabou liquidando praticamente todos os habitantes, incluindo a sua família.

Tomado pela raiva, Atrocitus jurou vingar o extermínio de seu povo eliminando os Guardiões do Universo. Por essa razão, ele decidiu acessar a energia da luz vermelha por meio de um ritual, criando o primeiro anel desse espectro. Assim, Atrocitus se tornou o Lanterna Vermelho e, logo, criou um verdadeiro exército movido pela raiva.

Sob seus comandos, a tropa tem como foco aquilo que Atrocitus tanto deseja: vingança!

Todos os Lanternas Vermelhos têm as suas funções comandadas pela força do anel, ou seja, eles são tomados, em todas as suas ações, pela raiva. Além de se fortalecer com o sentimento de fúria de seu usuário, o poder do anel fica ainda maior ao se alimentar da raiva dos seres que estão próximos.

VOCÊ SABIA?

Como até mesmo as funções mais básicas e vitais do Atrocitus são comandadas pelo anel, a sua retirada pode levar à morte.

VAMOS JOGAR?

Antes de começar o jogo, com a ajuda de um adulto, recorte as cartas, os dados e os suportes de papel para a cabeça. Cole as pontas dos suportes nos locais indicados para montá-los. Depois que eles estiverem montados, use o recorte do meio para encaixar a sua carta e divirta-se!

*Para ver o vídeo com o passo a passo de como montar seu suporte, baixe o aplicativo ZAPPAR, disponível gratuitamente para ANDROID e IOS. Necessita de conexão com a internet.

CARTAS EM BRANCO:

Você vai encontrar duas cartas em branco.

Com elas, monte suas próprias cartas, personalizando-as com fotografias, desenhos ou colagens de outros heróis e vilões que você conhece (mas devem ser conhecidos por todos os participantes do jogo, combinado?).

Seu jogo vai ficar ainda mais divertido!

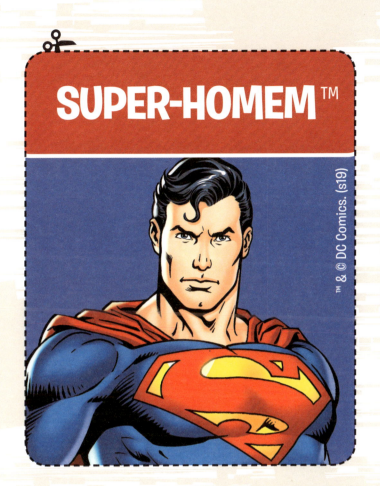
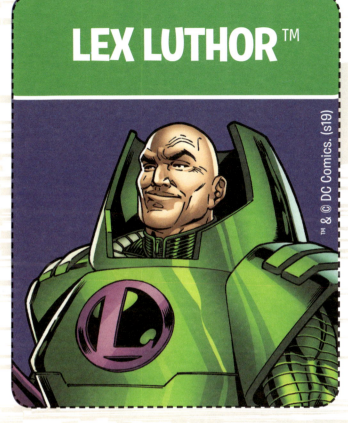

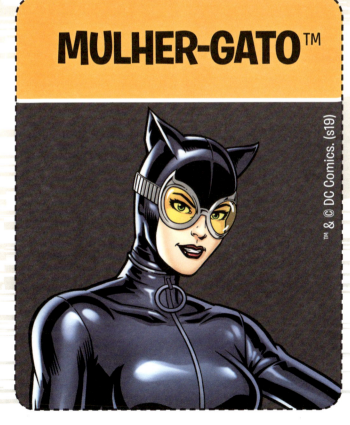

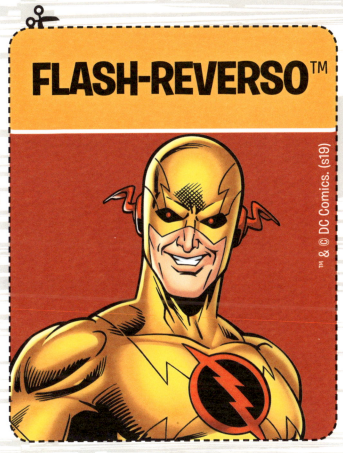

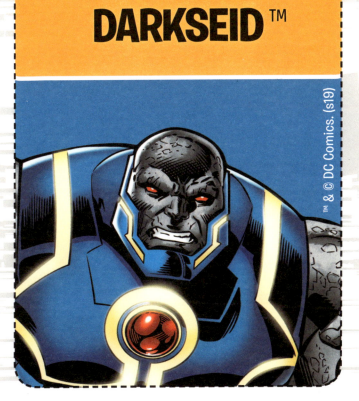

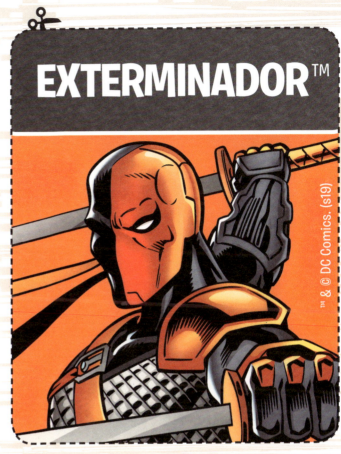
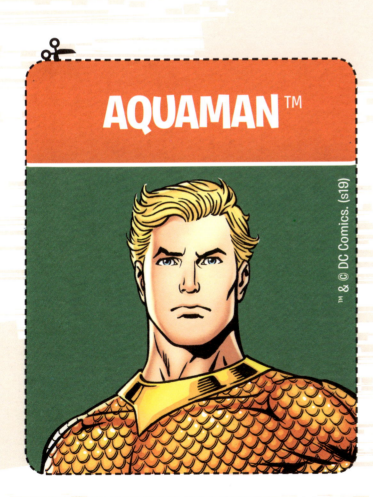

LANTERNA™ VERDE

ATROCITUS™

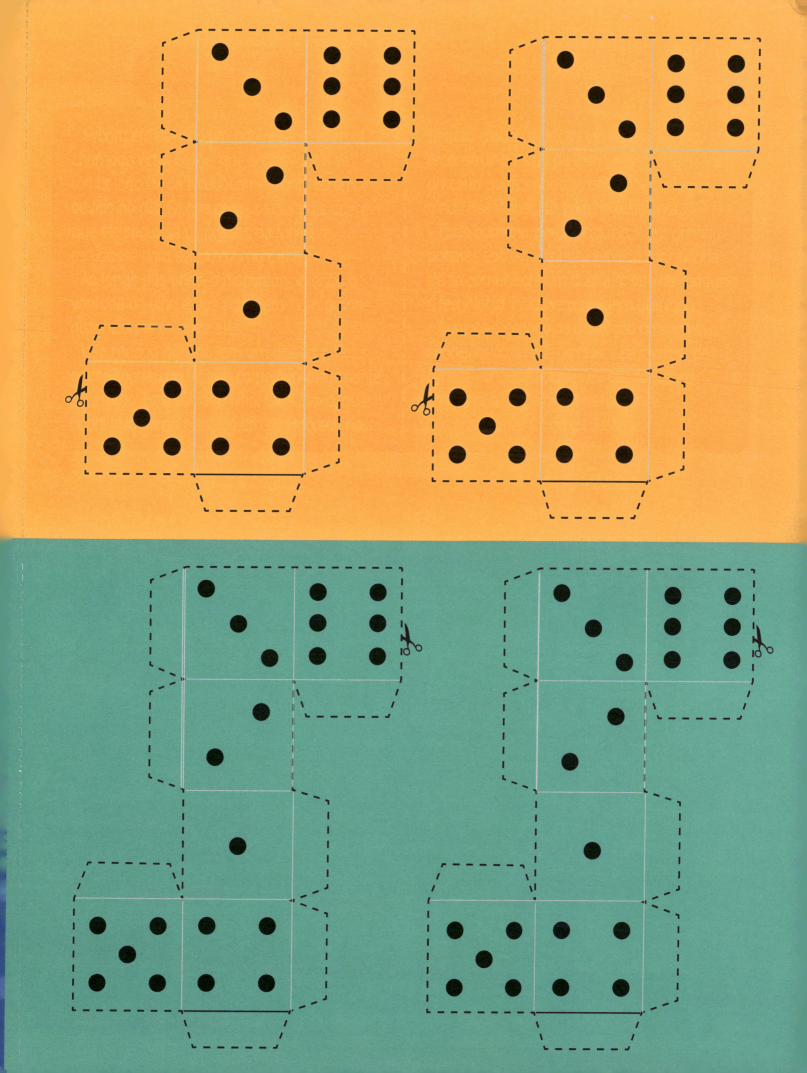

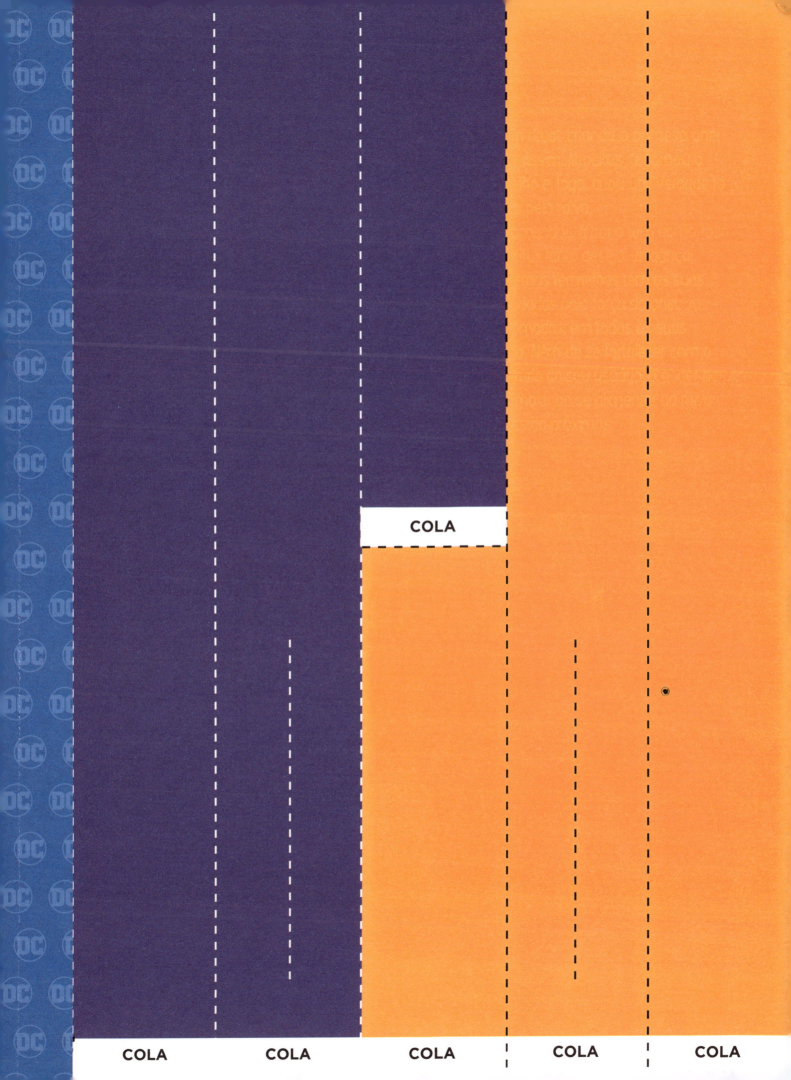

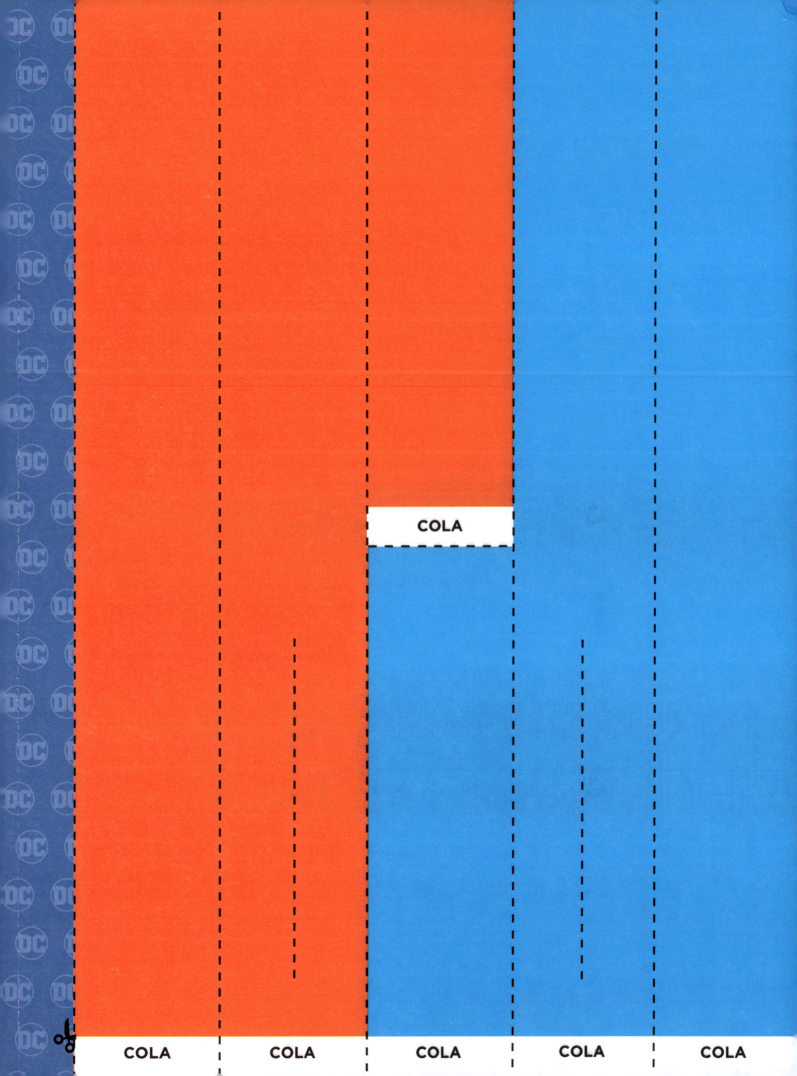

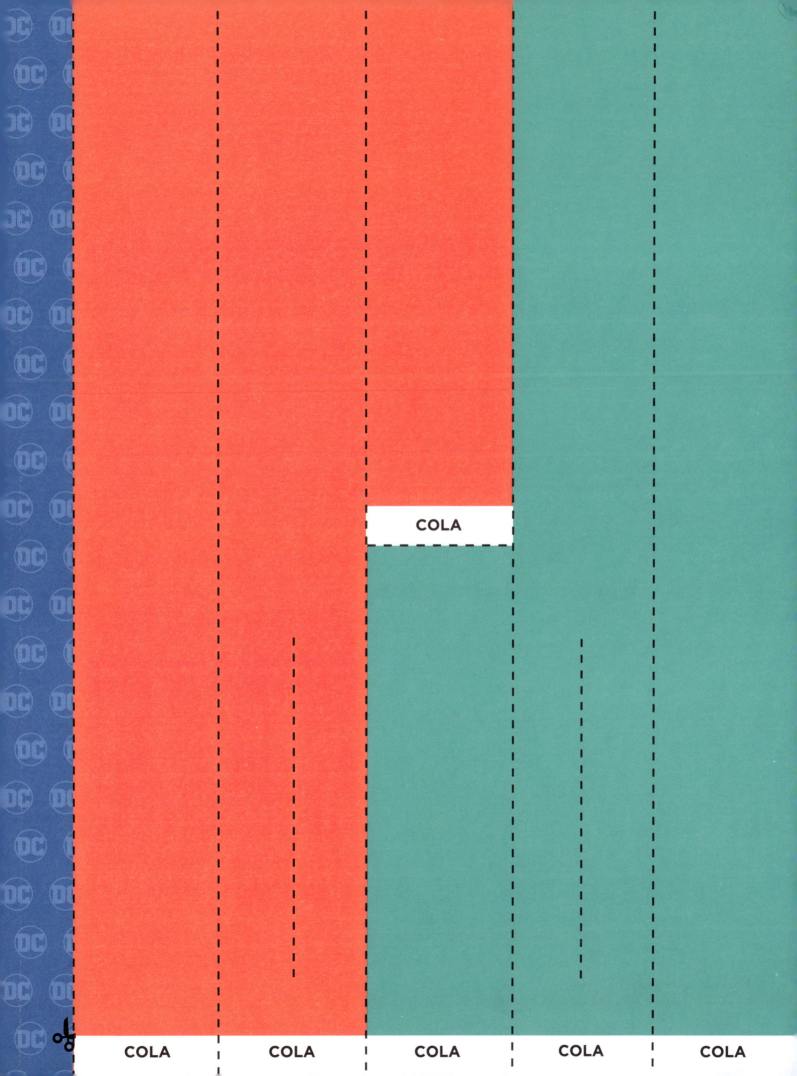

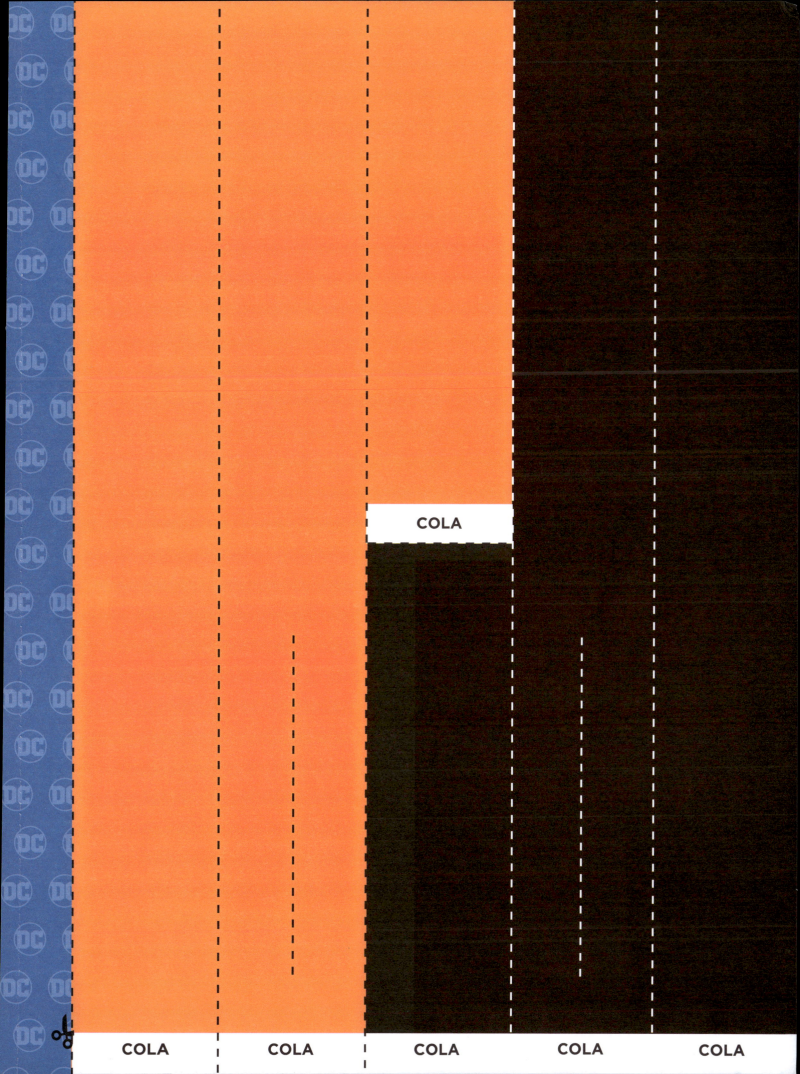